UNA FAMILIA GLOBALIZADA

Una Familia Globalizada

MARÍA VIVAS

Para realizar pedidos de este libro, contacte con:
Palibrio LLC
1663 Liberty Drive
Suite 200
Bloomington, IN 47403
Gratis desde EE. UU. al 877.407.5847
Gratis desde México al 01.800.288.2243
Gratis desde España al 900.866.949
Desde otro país al +1.812.671.9757
Fax: 01.812.355.1576
ventas@palibrio.com
656802

ÍNDICE

PRÓLOGO

Hace ya un año que estuve en la nueva tierra de mis padres, fuimos a despedirnos de ti, también fuimos a la maravilla de reunirnos en familia. Algo que muy poco aprecié mientras lo podíamos hacer, y ya cuando partieron todos a diferentes lugares en la tierra fue muy tarde pues como bien supe en aquél momento, me quedarían contadas ocasiones para verte a ti mamá, y a papá. Esto fue obvio ya que un año y medio antes de que ustedes se fueran ya mi hermana Aurora se había mudado de país, el más lejano que encontró de México, Nueva Zelanda.

Cuando Aurora decidió ir a buscar mejores oportunidades a Nueva Zelanda, ni siquiera me di por afligida, para que llorar, si en un año ella estaría con una gran posición económica, y lista para viajar a México y el mundo cuando se le antojara.

Al año y medio de que esto no sucediera, decidieron ustedes ir a visitarla, y de la forma mas inexplicable e inesperada tomaron la decisión de dejar todo lo que tenían en México y lanzarse a la aventura, con el mismo rumbo que mi hermana Aurora, pero en una estación de la vida que difícilmente se hacen ese tipo de cambios, bueno al menos no en la cultura mexicana, y si se hace en otras culturas no es generalmente al otro lado del mundo. Nadie de las personas cercanas a ustedes lo entendimos, nadie lo podía creer, a simple vista pareció un gran locura, ¿donde rayos dejaron el sentido común, tu y papá?

Entré en un duelo profundo, pero como la pérdida era ambigua no entendía porque me dolía tanto, porque ese vacío en mi corazón y en mi vida; pensaba que estaba enferma de algún tipo de mal psiquiátrico, pues el dolor era intenso como si los hubiera perdido para siempre, y la soledad una vez mas me invadía, también el resentimiento de que una vez mas, yo no fuera la hija elegida por ti y por papá para apoyar y ayudar.

Hoy después de muchos años, ocho para ser exacta, de muchos eventos entre los cuales incluye que tocara fondo en mi vida y me liberara del daño del alcohol pudiendo así comenzar un camino mucho mas claro, libre y espiritual y de analizar profundamente cada uno de los eventos que fueron dando el resultado de su decisión puedo no solo aceptarla sino también entenderla.

Como te dije el último día que estuve a tu lado ya en el hospital y a pocas horas de que partieras de este mundo, te pienso honrar cada uno de los días de mi vida, y parte de esa promesa es escribir este libro donde no solo te daré mi punto de vista de como fueron las cosas, sino que también intentaré platicarte todo lo que no pudimos platicar y comunicarnos y compartir por muchas razones, no solo de distancia física sino también por todas las desavenencias que siempre tuvimos.

No puedo evitar llorar pensando que me hubiera encantado hacerlo cuando aún estabas viva, me consuela saber que hicimos lo mejor que pudimos, que estábamos en paz entre nosotras y que realmente ya no había resentimientos y rencores entre tu y yo. Tampoco creo que sea algo inútil tratar de tener esa comunicación contigo, pues tu aún estás aquí, las condiciones para que te manifiestes como ser humano cambiaron, pero tu alma, tu espíritu y nuestra relación existirán para siempre.

AURORA

Mi hermanita, mi hermana la pequeña, así la he visto siempre a pesar de que es solamente un año tres meses mas chica que yo. Así la vio siempre toda la familia, empezando por papá, tu, Sandra y yo. Y aunque tu no lo creas, hace apenas unos pocos días, diez años después de su partida, fue que pude entender porqué rayos un día decidió irse a vivir al país mas lejano de México y el resto del mundo.

Siempre intenté entenderla situándome desde sus zapatos en el momento de tomar la decisión y no me quedaba del todo clara.

En 2001 el año en que mi hermanita empacó lo que pudo, se echo a su hija Viviana de cinco años y a su hijo Pedro de año y medio al hombro y sin saber media hora antes de que el avión partiera, si su esposo Pedro iría con ellos o no, estaba lista para la aventura.

Después de un fallido matrimonio de año y medio con su primer esposo, Aurora se había vuelto a casar, con Pedro su segundo esposo. En un principio habían decidido vivir en una casa que su suegro generosamente les había regalado en Tlalpan, una zona de la Ciudad de México en donde tenían un gran terreno, con un club hípico donde Pedro trabajaba y si mal no me acuerdo era el lugar ideal para criar a Viviana, ni siquiera parecía ser parte de la gigantesca y contaminada Ciudad de México. Lo que creo que no pudo ver Aurora era ese pequeño gran detalle que a un costado de su casa, se encontraba la casa de sus suegros, y al otro lado dos casas mas, de cada una de las hermanas de Pedro. O tal vez si lo vio, y creyó que de todas formas podría poner límites a su familia política y vivir muy independiente.

Esto obviamente no sucedió y en uno de esos arranques que tanto nos caracteriza a mis hermanas y a mi, pero en especial a Aurora y a mi, consiguió trabajo en Puebla y quiso cortar con la familia política. En Puebla vivían bien, su trabajo era en la pastelería, para lo que ella realmente nació pues es su pasión, y es muy buena en ello, aunque todo lo que se refiera a ventas se le da, pero Pedro no encontraba un trabajo y creo que la idea de que ella mantuviera a la familia no era la suya, así que cuando su suegro compró una fábrica gigantesca y le ofreció a Pedro que el la administrara y trabajara, aceptó irse a vivir a un pueblucho cerca de la fábrica y en medio de la nada. Ojo caliente estaba cerca de la presa de Malpaso, y a una hora de Aguascalientes.

Después de haberla ido a visitar no podía comprender que viviera en un pueblo donde su calle era sin pavimento, si su casa era amplia y claro ahí difícilmente llegaba su familia política, pero tampoco llegaba nada ni nadie mas! Por eso no me sorprendió el día que avisó que finalmente se lanzaba a la aventura de ir a un país lejano y desconocido, tenía poco que perder, y tal vez ganaba mucho. Nueva Zelanda es un país del primer mundo, y todo lo que puedas averiguar e investigar de la calidad de vida está a su favor, como también lo está cualquier foto de aquella lejana isla, es realmente un paraíso. Lo que en esta ocasión no estuvo claro, al menos para mi, porque al pasar de los años creo que para Aurora estuvo tan claro como el agua y es precisamente una razón mas a su favor, es que esta isla está perdida en el hemisferio sur ya casi rozando con el mismo polo de la tierra!

Viajar de México a Nueva Zelanda requiere de una escala obligatoria en la costa oeste de Estados Unidos, esto lleva en un vuelo directo alrededor de cuatro horas, y de ahí tomar un vuelo de aproximadamente diez y seis horas a Auckland, la ciudad mas al norte de Nueva Zelanda. Pero el tiempo que requiere llegar a este país no es nada comparado con el costo que tiene, el boleto en temporada baja no baja de 2,500 dólares americanos y en temporada alta puede llegar a costar hasta 4,000 dólares americanos. Si esto lo traducimos a pesos sale una cifra bastante alta, 35,000 a 45,000 pesos, una cantidad que es bastante difícil de ahorrar. Lo que no sabía hasta después de todos estos años es que no es difícil de ahorrar solamente para nosotros los mexicanos, para los residentes de un país en desarrollo, si no que también es una suma considerable para cualquier ciudadano o residente de Nueva Zelanda. Esto hay que admitirlo ya que por mucho que Aurora tenga otras razones para no visitar México, en diez años que lleva fuera de México no ha regresado ni sola, ni con hijos. Y mi papá el admirador mas grande que puede tener México, a quien ya se le olvidó que las carreteras pasan por el centro de los pueblos, hace cinco años que no ha podido regresar.

Yo siempre tuve el anhelo de tener una hermana que
fuera mi amiga cercana, vivir cerca, juntar a los primos,
y tomar café contándonos todas nuestras confidencias
y aunque Aurora ya llevaba tiempo viviendo fuera de la
Ciudad de México, y ya casi ni nos veíamos ni hablábamos;
con su partida a Nueva Zelanda, se desvanecían estos sueños
y añoranzas. Y digo sueños porque en realidad eso es lo que
eran, por alguna razón, el que nos juntáramos las hermanas o
inclusive en familia con hijos y papás me ocasionaba cierto
mal estar siempre. Tal vez era la competencia tan fuerte que
siempre existió entre nosotras, o tal vez simplemente era
mi incapacidad de aceptar las cosas y a las personas como
son, no ha sido hasta el año pasado que nos volvimos a
reunir que pude estar en paz y relajada con toda la familia
alrededor sin engancharme en críticas, enojos o luchas de
poder. Pero el que las cosas se dieran así el año pasado tiene
su fuerte razón de ser principalmente en las cosas que yo he
modificado en mi, es entonces que aprecio el resultado de
todo lo que me ha tocado vivir, y es en esta etapa de mi vida
que entiendo que el dolor tiene una razón de existir, no como
antes lo visualizaba pensando que era un castigo o algo así,
sino como esa composta que si trabajamos de la manera
adecuada da el terreno apropiado para crecer y florecer.

Aurora llegó a Auckland en el año de 2001. Antes de
yo mudarme a vivir a Puerto Escondido, pensé que era una
buena aventura que contar de mi hermana, hoy pienso que
o lo hizo como yo que ni pensé mucho en mudarme, solo
cree una fantasía de lo lindo que es Puerto Escondido y no
pude ver ningún inconveniente de lanzarme como el borras

al cambio; o verdaderamente fue muy valiente; bien dicen que no sabes hasta que no lo vives en tus propios zapatos y la verdad es que yo no se si tendría el valor de hacer algo así, puesto que a Auckland llegó con su familia y sus cosas, como si fuera turista, casi ni llega ya que había comprado solo boleto de ida, y cuando hizo escala en Los Ángeles, fue que se enteró que sin boleto de regreso no la dejarían subir al avión, aunque los kiwis no lo supieran iba para quedarse pues me imagino que esos boletos o los usaron ustedes o se perdieron, ya que no ha vuelto por México ni Los Ángeles.

También pienso en la suerte de siempre quererme valer por mi misma, ya que ahora me doy cuenta que todas estas aventuras las fue haciendo Aurora gracias a su apoyo incondicional, esos boletos los compró de último momento gracias a ustedes, y pudo llegar e instalarse en un hotel mientras arrancaba en la labor de buscar casa, escuelas, trabajo gracias a su apoyo, porque si en Ojo Caliente de repente la queja era que no tenía ni para el médico que necesitaba Pedro, seguramente no contaba con grandes ahorros. Pero contaba con ustedes y el que no fuese un problema para ella pedirles su apoyo. Y digo que suerte para mí porque en realidad creo que me habría muerto de nervios y estrés de encontrarme en un país tan lejano y desconocido con una hija y un bebé, sin trabajo y sin donde vivir, y con un esposo que realmente solo había trabajado para su papá.

Y así en esas condiciones y con la determinación que caracteriza a mi hermana fue abriéndose camino. Pedro fue el primero en conseguir trabajo, además como profesionista titulado, fue que pudieron empezar a tramitar sus papeles para vivir legalmente en Nueva Zelanda y trabajar. Después Aurora consiguió trabajo vendiendo unas cosméticos mágicos que valían un dineral pero que ella con su don de vendedora comenzó a trabajar y a irle bien, vendía de puerta en puerta y la puedo ver bien trabajando sin parar, también muy característico de ella cuando está en ese estado, la absorbe el trabajo y se vuelve loca queriendo sacar todo adelante, trabajo, casa, familia. Es como un pequeño tornado, a través y cerca de ella se puede sentir la fuerte energía que genera. Después algo le pasa, como al tornado, en que pierde toda su fuerza, le deja de interesar el trabajo que tanto le había entusiasmado y entonces tiene que cambiar otra vez de rumbo, buscar otro trabajo, buscar otra ciudad, buscar…Tal vez sea exactamente igual que al tornado, tiene que cambiar de rumbo para poder volver a tomar fuerza; o tal vez todavía no encuentra lo que busca.

SANDRA

Sandra mi hermana mayor, tu tocaya, y tu casi inseparable compañera. Como contigo mis sentimientos hacia ella son extremos, en épocas de mi vida la he odiado intensamente, y otras como la actual, que espero que así perdure, la he adorado inmensamente.

Desde que tengo memoria mi imagen de Sandra y tu es de aquella relación que siempre anhele contigo. Tu la entendías y ella a ti, podían platicar de todo y de todos, casi siempre congeniaban, pero si no era asi podían resolverlo, tenían el lenguaje y la forma de comunicarse para hacerlo, y aunque generalmente no era de una forma suave y delicada, lo superaban. Disfrutaban ampliamente de la compañía entre ustedes. Conmigo nunca fue así, cuando teníamos diferencias generalmente nuestras peleas acababan en largos periodos de separación, no nos veíamos, hablábamos o buscábamos. Tu continuamente querías decirme como hacer bien las cosas y yo continuamente me molestaba, pues pensaba que bien o mal hacía lo mejor que podía y tendría que aprender con las lecciones de la vida. Tal vez solo era tu estilo de opinar y decir las cosas como van sin tacto alguno, pero por mucho tiempo esto me causo sentirme poco valorada por ti, y continuamente criticada. Yo no creo que tu estilo fuera diferente con Sandra, simplemente su carácter le daba para ver mas allá de eso y era mas hábil para confrontarte sin romper la relación. Yo por mucho tiempo me callaba y me aislaba para no empeorar las cosas. Ya mas grande, me iba al otro extremo y me enojaba, gritaba y me iba jurando nunca mas volverte a ver.

En los últimos años he aprendido ir mas por el centro, me he desprendido de muchos obstáculos: heridas, traumas, anhelos, y aunque a los 45 años que tengo no me emocione aceptar que es apenas en esta década de mi vida que he comenzado a madurar, creo que es la razón mas fuerte de que esté un poco mas centrada.

Por ahora me interesa recordar como eran esos días en que tu y Sandra compartían todo. En el año que Aurora se fué a Nueva Zelanda, Sandra y tu eran como uña y mugre, es decir nunca se separaban. Sonia tenía tres añitos, y a pesar de que mi hermana siempre había anunciado que no acabaría de mamá tiempo completo y no había estudiado tanto para acabar cambiando pañales sucios, la verdad fue que el día que nació su hija, se olvidó de todo esas amenazas que nos había hecho y le brotó toda la maternidad que podría uno imaginarse. También había iniciado una compañía con papá y contigo que estaba funcionando de maravilla y dada la sociedad familiar podía dedicarse la mayor parte del tiempo a su hija y a compartir contigo y con papá. Hasta donde me acuerdo habían resuelto poner la oficina en Prado Norte, ya no era tan lujosa como la que tuvieron cerca de donde ustedes vivían, pero estaba mucho mas cerca de sus clientes y lo mas importante creo yo, cerca de la casa de Sandra y su familia. Así, se pasaban los días y las semanas entre la oficina, comiendo en casa de Sandra, peinándose y haciéndose manicure y las famosas luces de colores de mi hermana. Yo me acuerdo de ustedes como un clan muy feliz.

Lamentablemente ya en esa época la inseguridad iba en aumento especialmente en la Ciudad de México. Aunque es una ciudad inmensa con mas de 20 millones de personas, y probablemente puedas pasar por desapercibido entre tanta gente por toda una vida, la realidad es que ya casi nadie se salva de haber sido robado, asaltado o algo por el estilo, aunque sea de la manera mas pequeña. Sandra con su estilo exuberante siempre lució muy ostentosa en la Ciudad de México, le gusta la buena ropa, coches, casas, las marcas, vivir en las mejores zonas residenciales, etc. y disfruta no solo de tenerlas, sino también de compartirlas. Para ella todo esto llega y va naturalmente, por lo mismo, por mas que se esfuerce no sabe disimular que siempre ha gozado de muy buena posición económica. Y pensándolo bien si puedes y así decides vivir, ¿ porqué tendrías que ocultar o disimular? Pues en México existe una razón muy fuerte: seguridad, tuya y de los tuyos.

Así fue como lamentablemente un día en la noche, entraron a su casa ubicada en una de las mejores zonas de la Ciudad de México, Las Lomas; violando toda la seguridad que tenía contratada, y le robaron todo lo que se encontraron a su paso, mientras ellos ahí se encontraban felizmente dormidos.

No fue el enojo de perder cosas materiales, sino el gran susto de estar tan vulnerables, que en plena noche mientras duermes, entre alguien a tu casa y se lleve lo que quiera, y darte cuenta de que si se le hubiera ocurrido llevarse a tu hija también lo hubiese podido hacer, ya que por las huellas de zapatos al lado de la cuna de tu hija te das cuenta de la suerte que en esta ocasión tuviste.

Bueno esa es la primera reacción que podrías tener, entras en negación porque la realidad te espanta demasiado, pero a fin de cuentas te llega el peso de la realidad, y quien puede vivir en paz pensando que cualquier día puede entrar cualquiera a tu casa y secuestrar a tu hija? no es que se pusiera paranoica, pues en esa época iban en aumento los casos de secuestro y extorsión, día con día sucedían y te enterabas no de un caso aislado y lejano del vecino del vecino del vecino, sino de alguien cercano a ti. Entonces si comienza la paranoia, o mas bien las precauciones extremas? Ya no puedes ir al centro comercial, al supermercado, al parque y perder un solo instante a alguno de tus hijos de vista; desde que tienen un poquito de uso de razón, comienzas a bombardearlos de lo inseguro que es caminar, jugar, separarse de ti y distraerse en la calle, y tu vida y la de tus familiares deja de ser vida, pierdes la libertad de vivir en paz.

Lo mas triste de todo es que comienzas a escuchar tan frecuentemente estos casos, que te empiezas a acostumbrar, o tal vez es solo un sistema de defensa como el que haces a cerca de la contaminación, está ahí, la ves, la respiras, pero no le prestas atención, pues mientras no tengas otra opción no te queda otra que hacerte de la vista gorda y pensar que a ti no te va a suceder, que el aire contaminado no entra a tus pulmones, o que como le decía yo a mi querido psiquiatra Raúl, los habitantes de la Ciudad de México crearíamos mutaciones y entonces seríamos los únicos con posibilidades de sobrevivir un holocausto.

Sandra y Roberto no se esperaron a mutar, y en la primera oportunidad, no se si buscada o simplemente les cayo del cielo, aceptó Roberto que lo mandaran de la compañía en la que todavía hoy trabaja a París, Francia. Así fue como en 2002 a solo unos meses de que mi hermana Aurora se fuera a Nueva Zelanda, Sandra dejaba México con su familia, sin la menor intención de volver a poner un pie en esta tierra. El susto de verse tan vulnerable le dura hasta el día de hoy pues en estos nueve años que ha vivido fuera de México solo en una ocasión volvió y eso porque no le quedaba de otra por cuestión de su visa, sinceramente yo no la culpo. Creo que tu tampoco la culpaste nunca, aunque eso transformó tu vida y la de mi papá a tal grado que ni tu ni ninguno de nosotros nos imaginamos posible.

MONICA

A finales de 2001 poco después de que Aurora se fuera a Nueva Zelanda, mi vida era un caos, y me separé por primera ocasión de Fernando, el padre de mis tres bellos hijos. Daniel tenía nueve años y Alejandra y Carolina tenían seis años. A pesar de que no tenía medios para mantenerme a mi y a mis hijos, de que estaban aún muy pequeños, y de que todavía seguía sufriendo las convulsiones que se me desataron con la eclampsia del embarazo gemelar me rehusé firmemente a la sugerencia tuya y de mi papá de que yo sola no podría y que lo mejor sería que me mudara con ustedes o cuando menos me cambiara a una casa, departamento o lo que se pudiera cerca de ustedes. Así que empecé a organizarme y a trabajar y buscar remedios para dejar de convulsionar, como siempre pretendía mantenerme independiente y aunque sabía que necesitaba de su apoyo emocional para salir adelante, depender también económica y constantemente de ustedes se me hacia una locura. A pesar de que no podía con el dolor de los fines de semana que no estaban los niños conmigo, me rehusé a quedarme en su casa, podía pasar el día entero con ustedes y Sandra y su familia pero de ninguna manera me quedaba a dormir en su casa. Hoy viendo hacia atrás me parece una locura, tal vez podría haber dejado que me consintieran un poco, a fin de cuentas de eso siempre había tenido sed en mi infancia. Pero en ese momento me dio miedo, ya habíamos tenido tu y yo un pleito muy fuerte en relación a la educación y al trato con Daniel cuando nacieron Alejandra y Carolina, que nos había dejado alejadas por mas de tres meses sin dirigirnos la palabra ni vernos. Lo último que quería era acabar así otra vez así que firmemente mantuve mi posición.

Acepté ir a un viaje con ustedes al sureste, el viaje favorito de mi papá y llegar a Cozumel para pasar ahí una semana en la playa. Ahora que lo recuerdo fue la penúltima vez que convivimos ustedes, mis hijos y yo íntimamente. Ellos estaban muy pequeños, Caro con todo su mundo viniéndose abajo al separarnos su papa y yo, se cayó de un pasamanos y se fracturó el brazo justo antes de salir de vacaciones, pasó una semana con nosotros en la playa, con el calor, el yeso, y la picazón sin poder ni nadar, no eran sus mejores épocas, mi chiquita viajaba en la camioneta que acababan de comprar para estrenar en el viaje y a cada rato se le olvidaba avisar que tenía que parar al baño, yo la comprendía que la estaba pasando muy mal, pero tu y papá se ponían frenéticos. Daniel y Ale lo estaban tomando con mas calma, o tal vez nada mas se lo estaban guardando. Pero de todas formas fue un viaje bastante difícil, tanto para ustedes como para nosotros. Mi forma de educar a mis hijos era bastante diferente de la forma en que ustedes nos educaron. A mi me gustaba compartir a la hora de la comida sin estar corrigiéndolos todo el tiempo de los modales, ustedes se metían todo el tiempo a corregirlos, y yo me molestaba. Yo siempre le di importancia a que vivieran tranquilos y sin tantos trabajos con la etiqueta, la mancha o la boca embarrada, no les planchaba ni les almidonaba la ropa y los dejaba llenarse de arena y lodo. Me imagino que para ustedes también era difícil convivir con nosotros, para ustedes mis hijos estaban mal educados y claramente lo expresaban. La posición que yo fui adquiriendo ante esta clara diferencia, era poner un límite, a ustedes les tocaba ser abuelos, disfrutarlos, consentirlos, su labor como educadores ya había terminado, ahora era mi turno, para bien o para mal, mis hijos eran mi responsabilidad, ahora me tocaba a mi hacer lo mejor que pudiera e inclusive regarla, pues si hay algo seguro es que como padres no somos perfectos, y de lo que si me quería asegurar era de que ante toda circunstancia en su vida, se acordaran y tuvieran la certeza que los amo mucho, tal como son.

Para el verano de 2002, Fernando y yo habíamos estado asistiendo a terapia y parecía que tal vez podríamos resolver nuestros problemas, así que volvimos a intentar vivir juntos. Reanudamos los fines de semana en Acapulco, mismos que yo alucinaba, pues llegábamos en caravana a la casa de mis suegros. Pero para mi fortuna a Daniel le llamó la atención comenzar a navegar Optimist en serio, y entonces el fin de semana en Acapulco era ahora de estar en el mar y no en el campo de golf en bola con la familia política.

Este fue el comienzo de lo que se volvería en mi propia familia, como en los días en que mis hermanas y yo éramos pequeñas, la tradición familiar de la fiebre por la Vela. A partir de este momento dejamos todo tipo de compromisos familiares y de amistades en la Ciudad de México y no hubo nada mas importante que estar en un velero en Acapulco.

Como esto es lo que había hecho en mi infancia, lo viví de lo mas normal, así había sido con ustedes y mis hermanas cuando a Sandra y a mi nos dio la fiebre de la vela, entrenábamos 52 fines de semana al año, y eso que en aquel entonces no había escuelas de vela ni entrenadores. Cuando tu y Papá compraron su J-24 y empezaron a competir también ya no hubo la menor duda de que el fin de semana lo pasaríamos en Acapulco. Es mas, cuando mis hermanas y yo comenzamos la universidad, cada una en sus respectivos años, y empezamos a darle importancia a las clases que yo tenía los sábados, al grupo de amigos de la universidad o al novio del DF, ustedes continuaron pasando los fines de semana en Acapulco y nosotras nos quedábamos en el DF o bien como yo que seguía atada a la pasión de la vela y los alcanzaba una ves que terminaba mis clases el sábado temprano.

Fue solo hasta mas tarde que me percaté de lo obsesivo del comportamiento familiar heredado de una a otra generación, bueno hay quienes le llaman pasión por algo, pero sinceramente hoy que hago todo un esfuerzo por ser menos extremista puedo ver que tanto en los días de mi infancia, como cuando yo inicié con mis hijos la pasión de la vela, existen momentos claros en que haberle dado importancia a otros asuntos podría haber sido una manera mas madura y un camino mas centrado. Y en general no me arrepiento de haber vivido esa pasión, nos ha dejado muchas buenas vivencias y momentos de convivencia familiar maravillosos.

Uno de esos momentos, en los que habría agradecido enormemente haber tenido conciencia de esta situación, fue en ese año del 2002; pues ustedes se encontraban en una situación muy difícil, Aurora casi cumplía el año de haberse ido a Nueva Zelanda, y ahora Sandra y su familia, con quienes compartían tu y papá diario, quienes le daban a tu vida un sentido habían partido a Francia.

No me recrimino a mi misma ya que no sólo seguía a ciegas un patrón familiar, sino que también tenía mis propios y difíciles problemas. Mi matrimonio seguía muy mal, y aunque en apariencia el ir a Acapulco y dirigirnos directo al Club Náutico me ayudaba a sentir algo de independencia de la absorbente familia política, el grupo de amigos con el que empezamos a convivir mucho los fines de semana, al igual que el grupo de amigos suyos en su propia época en que íbamos con ustedes, tomaba demasiado alcohol cada fin de semana, y por supuesto Fernando y yo también tomábamos cada fin de semana mas. Por supuesto esto provocaba mas problemas de los que ya teníamos.

De esta forma, se quedaron ustedes sin un sentido de vida, pues ya no tenían hijas y nietos con quien estar ya no digamos en la semana, pero ni si quiera los fines de semana, y por lo mismo parece muy cuerdo que en el primer momento que vieron que se abría una puerta donde ustedes fueran necesarios, no lo pensaran ni dos veces para cerrar puertas y ventanas y dejar en el caso de mi papá toda una vida y una cultura, y en tu caso 40 años de adaptación a un país nuevo, desde el exilio de Chile, y tu llegada a México sin mas ropa y pertenencias que las que cabían en una maleta, hasta tu revalidación de estudios y el ejercicio de una exitosa carrera, la formación de una familia y tantos logros que tuvieron tu y papa en este país, quedaron rápidamente atrás. Dejándonos a todos, familiares, amigos, colegas, realmente sorprendidos.

Para mi fue un golpe duro y muy difícil de superar, y fue todavía mas difícil cuando mi Papá regreso a Daniel de la invitación de pasar allá en su nueva tierra un verano nuestro, invierno suyo. Al parecer ese invierno a mi papá le cayó el veinte de la locura que estaban haciendo. Llegó a México con la firme decisión de no emigrar a Nueva Zelanda, todavía tenía su empresa funcionando, todavía era posible. Lamentablemente ya habían vendido su casa, es increíble, cuando algo ha de suceder, las cosas se dan para que sucedan. Su casa la vendieron un día después de llegar a México con la decisión de irse a Nueva Zelanda!

Para mi y estoy segura que para mi papá también no todo estaba perdido, todavía tenían un terreno en Querétaro y podría ser la oportunidad para finalmente irse de la complicada Ciudad de México, como siempre habían planeado. No supe que sucedió en las conversaciones entre mi papá y tu, y tampoco pude apoyar a mi papá. Cuando llegó a México con Daniel, por supuesto fue una sorpresa, ya que se suponía que él ya se quedaba en Nueva Zelanda, me tomó completamente des ubicada. Se quedó con nosotros en la casa, pues ya no tenía la suya donde llegar, y traía una depresión marca diablo, no quería hacer nada, no ayudaba en nada en la casa, a veces en las tardes que yo me iba a trabajar, ocupaba la línea de teléfono toda la tarde conectándose a internet y yo me colgaba de la lámpara pues no podía ni hablar para saber como estaban los niños, se la pasaba encerrado o regañando a mis hijos. Hoy puedo ponerme en su mundo y en su contexto y comprender por lo que estaba pasando; en aquella época lo único que vi fue una luz roja muy roja, que decía cuidado. Por un lado no quería ser responsable de que tu y él acabaran separados, pues por lo visto tu estuviste convencida y determinada a quedarte en Nueva Zelanda; pero por otro lado no lo quería como otro hijo instalado en mi casa! No quería repetir esa historia que tanto había visto y de la cual siempre te quejaste de que mi papá no tenía trabajo y tu tenías que sacar todo adelante. Y dado que papá estaba en una edad en la que todavía podía trabajar y valerse por si mismo, le comenté según yo con mucho tacto que mi casa estaba abierta para pasar una temporada de vacaciones, pero que si pensaba alargar su estancia en México, por favor por el bienestar de todos buscara su propio lugar. También hubo algo mas que influyó en mi para tomar esa postura, y es algo que no te dije en vida, pero que supongo que alguna vez lo llegaste a saber, me daba pánico que papá te convenciera de regresar a México y acabaran los dos instalándose en mi casa, pues desde que yo había iniciado mi psicoanálisis y con ello mi independencia moral y física de ustedes, estar demasiado tiempo juntas nos llevaba irremediablemente a la confrontación y el distanciamiento.

No solo eso, también mi vida era un caos, cada fin de semana Fernando y yo tomábamos demasiado, emborrachándonos y distanciándonos cada vez mas. Ahora puedo ver hacia atrás y me da miedo esa época, estaba viviendo una montaña rusa con la rueda del carrito descarriada, sólo porque Dios me ama mucho no acabó el carrito volando con todos los mas importantes en mi vida adentro, mis hijos. Pero si acabamos Fernando y yo separándonos una vez mas y en ésta ocasión definitivamente.

MAURICIO

Tu esposo, tu compañero, tu gran admirador. Creo que también es mi papá, mi duda nace del trato tan diferente que me tocó recibir de parte de él con relación al que le dio a mis hermanas. Pero la verdad nunca tuve el valor para como lo sugería mi psicoanalista de hacer una prueba de DNA, para mi eso queda en el pasado y ya hoy no cambiaría nada pues a fin de cuentas se encuentra viviendo lejos y nuestra relación es muy escasa. Pero nada mas de imaginarme la reacción hasta me da risa! de por si no se nos daba para nada la comunicación, ya me imagino el efecto de una pregunta así donde pusiera en duda tu conducta! me hubieras desconocido para el resto de tu vida! y saber si Mauricio, como solicitó a mis hijos que le llamaran, en vez de abuelo, era mi padre, nada tenía que ver con reprocharte a ti o a el mismo si lo era o no, era simple necesidad de entender.

Lo que nunca me cupo duda, ni la mas mínima, y no sé porque tu siempre tuviste esa duda, es que te adoraba. Por eso me fue tan impactante verlo sufriendo tanto, y dudando tanto para regresar a Nueva Zelanda, se encontraba totalmente deprimido, hasta me pidió ayuda para ver a un médico! Yo que me encontraba trabajando arduamente en mi psicoanálisis ingenuamente pensé que quería deshacerse de la dependencia tan fuerte que siempre tuvo de ti, para poder así decidir quedarse en su amado país. Si llegó a ir con la persona recomendada, pero pronto me informó que no era lo que quería, y se las arregló para encontrar a alguien que le diera lo que quería, la pastilla mágica que lo despojara de su depresión y le diera valor de lanzarse a Nueva Zelanda junto a ti. Esto fue lo que acabó haciendo, después de ocho difíciles meses, en los que yo verdaderamente pensé que se moriría antes.

Finalmente después de vender lo que le quedaba por vender, y dejarle lo que quedaba de su compañía a mi ex marido, se fue para estar a tu lado.A pesar de que yo les había expresado mi interés y necesidad de trabajar y quedarme yo a cargo de lo que quedó de su compañía, no lo podía creer! Fernando y yo teníamos muchas diferencias en educación y forma de querer vivir y educar a los hijos, una de esas razones bien conocida por ustedes era que la manera en que manejaba el dinero Fernando, difícilmente tomaba en cuenta mis propios gustos y necesidades, a pesar de todo esto le dejaron a él su compañía.

Supongo que estaba dolido porque yo no le abrí incondicionalmente las puertas de mi casa, aunque también creo que esta fue una acción mas de las que crea esa duda en mi de realmente ser su hija. Estoy segura que ni Sandra ni tu abogaron porque fuera de una manera diferente, cuando tu y yo lo tratamos de hablar, un tiempo después decías que no tenías nada que ver en la decisión de papá, que lo había decidido de esa manera porque Fernando era un padre responsable y de esa manera aseguraban que los frutos de esa empresa le llegaran a sus nietos, y yo me preguntaba: ¿ y yo que, de eso nada va a llegar a su hija, que no se dan cuenta? Ese día una vez mas terminamos mal tu y yo, pues cuando te expresé mi tristeza en la decisión que habían tomado tu y papá y te quisiste quitar responsabilidad, me enfurecí, mi papá difícilmente tomaba ninguna decisión sin tomarte en cuenta. Me enojaba que no me hubiesen tomado en cuenta, me enojaba que mi papá no fuera ni para darme la cara, Sandra ni se diga, había querido hablar con ella y nunca me había devuelto la llamada, me enojaba que la única que había venido a hablar conmigo me mintiera, y me dolía en el alma que yo les pidiera apoyo de trabajo, ni siquiera dinero, un medio de trabajo! y tuvieran el descaro de dárselo a mi ex. Pero una vez mas me gritaste, me insultaste, y nos fuimos cada una por su lado, rompiendo una vez mas por un largo tiempo, no nos dejamos de hablar, pero casi, pues entre las diferencias de horarios y lo caro del teléfono, fueron contadas las veces en que nos comunicamos.

Como estoy convencida de que sucede la pastilla mágica por si sola no es suficiente casi nunca, hay que resolver el problema de raíz. Pero esto le llevó a mi papá muchos años para poderlo resolver. No me imagino ni remotamente como se sentiría, de repente retirado, en el fin del mundo, sin ninguno de sus hobbies que tanto había planeado para retirarse. Estoy segura que el problema para él no fue el retiro, pues sabía muy bien ocuparse en sus gustos durante su tiempo libre y nunca fue un adicto al trabajo. El problema era que sus conventos del siglo XVI, sus pueblitos de teja, sus pirámides y de mas obras de arte de México, ya no estaban alcanzables para que él fotografiara, explorara y pasara su tiempo admirando y entretenido. Por otro lado cayó en la cuenta de que estando tan lejos, y en el sistema social de Nueva Zelanda, no podría vivir como había planeado, esto es cuatro meses en Nueva Zelanda, cuatro en México, y otros cuatro donde fuera la ciudad en turno en que estuvieran viviendo Sandra y su familia.

También sé que empezó a invertir su dinero de retiro en negocios que nunca resultaron, y mas bien le dieron pérdida, algunos de estos negocios a través de mi hermana Aurora otros con ella, de todos ellos yo no me entré por ustedes, supongo que no querían que me enterara de el apoyo que le daban a Aurora incondicionalmente, pero bueno he de admitir que Aurora siempre les vendió muy bien sus ideas, con toda esa habilidad nata que posee. Y viéndolo ya a la distancia Aurora también pago el precio que yo siempre me negué a pagar: la libertad de educar y cuidar de mis hijos como yo decidiera.

El primer año y medio en Nueva Zelanda vivieron en una ciudad que a mi ya no me tocó conocer: Christchurch, en la isla sur. Ahí Aurora y mi papa pusieron una distribuidora de los cosméticos que ella había empezado a vender a su llegada en Auckland, y algún otro negocio de joyería y platería mexicana; ninguno de los dos negocios funcionaron a la larga. En ese primer año tu estuviste estudiando un diplomado de inglés, muy intenso, con la finalidad de estar legales en Nueva Zelanda, pues Aurora tenía ya el permiso de trabajo pero hasta que no fuera residente no podía reclamarlos para que les dieran visa de largo plazo. Cuando pienso en esto casi siempre me brinca la palabra locura, tenían que estar de atar mi papá y tu para que a sus 65 años estuvieran viviendo en un país tan lejano, ¡Con visa de estudiantes! ya que lo veo mas benévola, pienso que realmente fue impresionante lo que hicieron, me habla de la fortaleza y determinación tan grande que siempre te movió.

Cuando el negocio no funcionó poco tiempo después compraron un restaurante, y comenzaron todos a trabajar en él. Como nuestra comunicación era tan escasa y yo la verdad prefería no enterarme de todas estas sociedades, no supe muy bien como, o porque tronaron estos negocios, lo que si supe es que el trabajo del restaurante era muy pesado y el personal para que limpiara y lo mantuviera funcionando costaba mucho, así que tu y papá acabaron cocinando y limpiando, comprando víveres y a veces hasta de meseros cuando alguno faltaba. Siempre es admirable la capacidad del ser humano de adaptarse para salir adelante, pues yo recuerdo bien cuando mi papá no se calentaba ni su café!

En abril de 2004, Sandra los invitó a San Diego, pues ahí vivían en aquél entonces y decidieron darse una escapada a México. Llegaban un viernes en la noche y se quedaban una semana. Nosotros teníamos una regata de las mas importantes en Acapulco, y los invité a que nos acompañaran, pero prefirieron quedarse. Así que una vez mas me sentí triste pues parecía que no les importaba ver a sus nietos navegando, y compartir con nosotros algo de lo que ustedes mismos tanto habían disfrutado hacer. Ya   para estas fechas, Daniel, Carolina y Alejandra se encontraban entrenando y compitiendo intensamente en la clase Optimist. era bellísimo verlos navegar y tan independientes. Daniel tenía 12 años y Ale y Caro tan solo 9 años, y eran unos buenazos ya. Yo adoraba que tuvieran esta oportunidad de poder salir de la Ciudad de México, en donde las circunstancias y la neurosis por la inseguridad los convertía en niños sobre protegidos y excesivamente dependientes de que uno los llevara y recogiera de todos lados, de no perderse nunca de vista pues entraba en pánico y bueno convivir con la naturaleza, pues realmente en esa enorme ciudad de concreto, los pocos espacios verdes realmente ni parecían naturales.

Yo había rentado una casita en el pueblo, bien de pueblo! se la había rentado a uno de los trabajadores del club. Estaba mal distribuida, con unos pisos nuevos pero de muy mal gusto, una cocina comedor básica, y una terraza que había que dar la vuelta completa para estar en ella! pero me sentía feliz. En esta ocasión cuando me separé me propuse no dejar de ir a Acapulco pues en la primera separación de Fernando, no me sentí capaz de poder rentar una casita y seguir viajando de fin de semana yo sola con mis hijos. Es por eso que esta casita la recordaré siempre como una ventana a la mente, a la posibilidad de creer y que a partir de esa certeza sucedan las cosas.

A mi me pareció muy normal irnos a Acapulco y después regresar para convivir en la semana con ustedes, fue la incuestionable educación que recibí de ustedes, pero por lo visto a ustedes no. O tal vez era una vez mas el llamado de la hija primogénita y la incuestionable prioridad que habría de dársele, porque cuando llegamos el domingo en la noche de Acapulco fue solo para enterarnos de que a la mañana siguiente tomarían el primer avión a San Diego, pues Sandra tenía un grano infectado y tenían que ir a ayudarla. Ya no quise ni preguntar que tipo de grano ni en donde, preferí imaginarme que era algún tipo de sífilis o lo que diera mi imaginación, algo suficientemente dramático que justificara que se fueran sin la prometida semana con nosotros, para proteger mi corazón de la decepción. En fin, una vez mas nuestras grandes distancias físicas y emocionales se hacían evidentes.

ESTHER

Tu hermana, mi madrina, la tía rebelde, la tía solterona. Todo el mundo las confundía pues realmente eran muy parecidas, no cabía duda que salieron del mismo molde. Tu hermana del alma, quién en vida hizo todo lo que pudo consciente o inconscientemente para ser absolutamente dueña de ti, creo que cuando se enteró que te casabas con mi papá fue que decidió definitivamente irse de gira. Lo que si sé es que mis primeros recuerdos de ella son de cuando la íbamos a visitar a las comunidades donde se encontraba, primero en Querétaro y después en Durango. A mi me impresionaba mucho estas visitas pues era la sierra y el despoblado, y esto significaba que carecían de los servicios más elementales y vivía de la manera más austera. A mi me parecía que iba de visita a una cárcel, pues era solo en ciertas horas que la podíamos ver y de esta época solo la recuerdo callada, muy callada y muy seria, también muy lejana.

De ella también me acuerdo cuando la fuimos a visitar a la sierra de Durango, además de estar completamente aislada de la sociedad, se encontraba en la cima de las montañas de la Sierra, nunca he ido a un templo budista, pero si que me lo imagino como este lugar en donde mi tía paso seis años.

Tengo entendido que le tocaba cuidar a las gallinas, sus huevos y los pollitos que nacieran. Y tengo esta preciosa imagen de haber tocado y calentado un pollito recién nacido, estoy casi segura que esa fue un de mis primeras experiencias con el reino animal, de las pocas, porque tu con toda la higiene y fobia hacia los microbios te parecía imposible que tuviéramos una mascota, de ningún tipo. También me acuerdo de lo valiente que se me hizo mi tía cuando la vi ordeñando una vaca! y aunque la experiencia se me hizo maravillosa, no entendía que rayos hacia en ese lugar mi tía.

Mi siguiente recuerdo que tengo de ella es cuando llegó a vivir con nosotros, ya fue hasta muchos años después que yo me enteré que la habían corrido, por cuestionar a todos los que formaban parte de la comunidad. Para mi lo que en aquél momento significó fue el comienzo de lo que sería una batalla continua de agresión hacia mi papá, pues como te decía antes ella se sentía tu dueña y con derecho absoluto por ser tu hermana mayor.

A partir de entonces me acuerdo que si coincidían tu, papá y mi tía Esther, el pleito era seguro. Y no me mal interpretes, la verdad es que a pesar de esto yo la quise siempre mucho, pues siendo mi madrina, siempre tuvo algún gesto especial conmigo.

También fue gracias a la influencia de ella o en acuerdo con ella, que acabamos en las experiencias mas raras que tengo memoria. Por ejemplo cuando yo tenía ocho años, fuimos a pasar un verano completo a una comunidad en las afueras de Nueva York de lo mas extraña, era dirigida por un señor de edad muy avanzada, gordo como él solo, de origen judío y que predicaba dirigir una comunidad católica. Ahí vivían yo le calculo unas 50 familias por lo menos, a los niños nos dividían por edad y sexo y de tal manera se vivía el día a día y se convivía. Mientras estábamos allá rara vez convivíamos contigo, pues los adultos se dedicaban una parte de su tiempo a trabajar y la otra a escuchar lo que este señor tenía que predicar.

Para mis hermanas y para mi era como de repente ser libres! podíamos brincar en los charcos, atrapar ranas, jugar todo el día, y convivir mucho con niños de nuestra edad y la naturaleza; podíamos recolectar zarzamoras, cortar pepinos y manzanas y comérnoslos directo del campo! algo que realmente no hacíamos mucho pues viviendo en la Ciudad de México y con el miedo que tu tenías de los bichos y los accidentes realmente habíamos tenido muy poco de estas actividades. También tuvimos la oportunidad de nadar, pescar, acampar, ir al auto cinema, y nos tocaba a los niños trabajar un rato en algunas cosas como poner las mesas, limpiar platos, barrer o trapear. Si te portabas bien era sencilla la tarea que te daban a ejecutar, pero me toco ver a algunos que no se portaban tan bien que los mandaban a trabajar al campo con tractores, o todo el día en la cocina y eran niños de a penas 11 años o 12!

A cualquiera que se metiera con alguna propiedad de Henry o desobedeciera alguna de sus órdenes, ya fuera adulto o niño llevaba un severo castigo. En una ocasión me tocó ver como cacheteaban a un niño todavía mas chico que yo por haber puesto su mano en el Jaguar empolvado, también me tocó ver como le quemaban la pompa a mi hermana con un cerillo por haber estado jugando con los mismos. Pero a pesar de estas escenas impactantes por si solas para mi realmente ese primer año fue un paraíso, inclusive por ser mexicanas de visita un día tuvimos el trato especial de que Henry nos llevara en su Jaguar de compras a la ciudad! Me acuerdo perfecto que yo de lo que tenía ganas de comprarme era una muñeca Barbie, pero por miedo a que me criticaras tu y los demás de frívola acabé comprándome un jueguito "Conecta cuatro", que es una especie de gato, para en vez de frívola verme inteligente y llamar así la atención!

El segundo verano que fuimos también me la pasé muy bien, aunque ya no era tan novedoso todo, disfrutaba mucho de estar al aire libre y en actividades con los niños de mi edad, me encantaba jugar bote pateado, escalar árboles, nadar en la alberca olímpica, atrapar ranas, luciérnagas y demás. Sin embargo todo el chiste y el gusto se me acabó cuando ya finalizando el verano nos anunciaste que estabas pensando quedarnos a vivir en la comunidad! me entró un dolor y una preocupación terrible pues mi papá nunca había ido a ese lugar, y sospechaba que no estaba incluido en el plan, así que te pregunté y me confirmaste que en efecto si él no quería irse a Nueva York pues que se podía quedar en México. Así que cuando llegó el día del final del verano y no nos quedamos, el que los niños con los que había convivido dieran brincos y saltos porque las mexicanas no nos quedaríamos a vivir ahí, no me pareció una ofensa sino que me sentí tan aliviada y contenta como todos ellos.

Muchos años después mi tía y tu se ofendieron de lo que mis hermanas y yo habíamos concluido que había sido la experiencia: nos habían llevado a vivir en una secta! misma que unos años después de la muerte de Henry se había desintegrado. Hoy lo veo ya con algo mas de conocimiento de la religión judía e Israel que era como un kibutz, adaptado la religión católica en Estados Unidos. Pero fuera lo que fuese, no me convencía esa comunidad y mucho menos el que en algún momento hubiésemos estado a punto de quedarnos a vivir ahí para siempre!

La peor de las locuras en las que se involucraron fue cuando decidieron que necesitaban una terapia para arreglar sus problemas internos. Y esa búsqueda en si no fue la locura, si no que fueron a caer en manos de un verdadero charlatán. Al poco tiempo de regresar de Nueva York, comenzaron una "terapia" con un pseudo psicólogo que se hacía llamar Alain, a partir de esto mi papá y tu se separaron, y comenzamos una "terapia familiar". La famosa terapia se puso muy rara cuando este señor comenzó a ir a la casa, supuestamente a ayudarnos a mis hermanas y a mi con nuestros problemas de estudiar, y todavía peor cuando comenzó a acosarme. Fue una época terrible y confusa para mi, no entendía porque seguías permitiendo que ese charlatán que se hacía pasar por psicólogo, neurólogo, casi Dalai Lama, y todo lo que se le pudiera ocurrir permaneciera en la casa. Ya ni mi tía se encontraba visitándonos pues en aquella época vivía con un amigo trovador argentino que le había ayudado a abrir los ojos acerca del tema, nadie lo quería y fue solo hasta después de un año y medio que con alguna intervención de mi tía Esther, mi tío y el amigo argentino, despertaste y tuviste el valor de correrlo. Para mi este año y medio me dejó marcada de por vida, con grandes dificultades y traumas para salir adelante en especial en los aspectos afectivos de mi vida. Pero de este tema podría detenerme y escribir una autobiografía completa. Al respecto solo puedo decirte que lo que mas me dolió es sentirme sola y des protegida, confundida y sin nadie a quién pedirle ayuda, y que lo mas difícil de superar es la reacción tuya cuando una vez que lo habías corrido pude decirte que me había acosado y no hiciste nada ni tu ni mi papá, claro con él no tenía ni la comunicación ni la relación para decirle algo así, entonces me queda la duda que papá se halla enterado del asunto. Y como me lo he querido explicar es que tu misma tenías tantos problemas que lo que pudiste hacer fue únicamente negarlo y cerrar los ojos.

La última loquera a la que acepté ir contigo fue cuando comenzaste a ir al famoso "Laboratorio de comunicación", empezaste a colaborar con ellos con el clásico fanatismo que te caracterizo siempre, estabas fines de semana completos de voluntaria, y mis hermanas y yo tomamos varios de sus cursos que seguramente bastante te habrán costado, este grupo también recaudaba fondos para erradicar el hambre en el mundo, y en esto también fuimos voluntarias. Pero creo que en esta ocasión como cuando Nueva York mi papá si te puso el límite y optaste por cortar por lo sano y continuar cerca de mi papa. No es que fueran malos los cursos, pero años después nos enteramos que el famoso creador del

"Laboratorio de Comunicación" si mal no recuerdo, había acabado en la cárcel, pues su organización era una farsa.

Cuando papá y tu decidieron irse a Nueva Zelanda, mi tía Esther llevaba un año recuperándose de una fractura de cadera, que la había dejado muy limitada, y prácticamente restringida a vivir en la casa hogar. Yo creo que nunca se imaginó que en estas circunstancias, su hermana decidiera irse al otro lado del mundo.

JOSÉ

El amor de mi vida, pues a pesar de todas las dificultades que hemos vivido logramos finalmente vivir bien y felices juntos. A Jose lo conozco desde que tengo memoria de la vela en Acapulco, pero antes de haberme separado de Fernando nunca me había llevado con él, la razón la ignoro, pero así era. Comencé a navegar con él cuando termino la relación con su pareja de 8 años, y yo acababa de terminar de salir con otro amigo, y así a través de la pasión por la vela fue como los dos abrimos los ojos y nuestros corazones a la posibilidad de que pudiéramos formar una pareja. Lo rápido que comenzó nuestra relación no me ayudó en nada, pues yo pensaba que en especial él no había todavía procesado la pérdida de su relación con anterior, y por mucho tiempo me sentí como el "clavo que saca al otro clavo". Hoy lo veo y me da tristeza mi falta de auto estima, pues la verdad es que yo estoy como para ser el amor de la vida de José, soy una gran mujer, ahora creo y entiendo que acabáramos enamorándonos.

En septiembre de 2005 me invitó a formar parte del equipo de J-24 que iba al mundial de Weymouth, Inglaterra; no lo podía creer, mi pasión, la vela y nos patrocinaba

Gatorade, así que solo tenía que llevar dinero para comidas, pues el avión, la inscripción, renta del barco y la estancia estaban cubiertas. Me fui feliz, y pasé unos días maravillosos, en el resultado no nos fue muy bien, pero yo estaba fascinada de la oportunidad de estar en ese evento, entre Jose y yo no hubo acercamiento físico en el viaje, pero tuvimos mucha convivencia y emocionalmente si hubo mucho acercamiento.

Los dos somos apasionados de la vela así que fuimos cada vez mas compartiendo las competencias, los viajes de vela, y enamorándonos. Para principios del 2006, ya estábamos viviendo juntos, planeando casarnos e investigando como le haríamos para tratar de tener un hijo, ya que yo supuse que con tres hijos era perfecto y me ligue.

La única opción era tratamientos in vitro, pues mis trompas estaban definitivamente cortadas, no había vuelta atrás. Así que comenzamos a organizar la boda para noviembre de ese año, así como los tratamientos para embarazarnos. La velocidad con que hacíamos planes era vertiginosa. También comenzamos la remodelación de la casa de Tlalpan, una casa vieja pero bonita, y en el centro de Tlalpan! mi lugar preferido de la Ciudad de México. Ustedes en principio dijeron que no vendrían a la boda, lo cual aunque no me pareció raro si me dio tristeza. Más tarde nos avisaron que conseguirían boletos con millas, y me dio mucho gusto. Bien dicen que solo tenemos el día de hoy para vivirlo, y ahora viendo para atrás, esta fue la segunda y última ocasión en que convivimos juntos ustedes, mis hijos y José y yo. Ya que aunque los hijos y yo fuimos a Nueva

Zelanda a despedirnos de ti, no era lo mismo pues también estaban mis hermanas y sus familias, y tu ya tomabas tantos medicamentos para el dolor y el cáncer que difícilmente te mantenías despierta o presente.

También fue la última ocasión que estuvieron juntos tus hermanos y tu sanos y bien. Ya que un par de años mas tarde se volverían a reunir pero para despedir a mi tía Esther que moría de diferentes razones médicas pero básicamente de soledad y de tristeza y no porque los que seguíamos en México no la atendiéramos, si no porque para ella yo creo que solo existía una forma de ser feliz, y esa ya había perdido la esperanza de que sucediera al irte tu tan lejos.

Con José seguimos viajando los fines de semana y veleando mucho, cambiamos la renta de la casa del pueblo por la renta de la casa de un bungalow al lado del club de vela. Realmente lo pasábamos muy bien y recuerdo esta época como llena de entusiasmo y alegría.

Lamentablemente, las grandes distancias que me acabaron alejando algo de los hijos, ya que ellos seguían asistiendo a la escuela en Interlomas y José y yo viviendo en Tlalpan y trabajando por toda la ciudad, me comenzó a pegar muy fuerte. Ya no los podía ver diario como antes, pues los días que les tocaba con su papá ya ni los veía.

Por otro lado en ese año del 2006 tuve dos tratamientos in vitro con sus siguientes implantaciones de óvulos, es decir cuatro ciclos de quien sabe cuantas medicinas, inyecciones y análisis. Para noviembre que era la boda y estaba embarazada de nueve semanas, estaba muy feliz pero también con tanta hormona y sin medicamento de las convulsiones muy inestable emocionalmente. Mi humor y estado de ánimo cambiaba constantemente, explotaba por cualquier cosa y no sabía que me estaba pasando. Tenía mucho miedo del embarazo, pues ya del embarazo anterior había estado muy delicada y no quería pasar por ese riesgo otra vez, mucho menos tener convulsiones o dejar huérfana de madre a mis hijos que ya tenía. Pero siempre me he considerado valiente, y tenía muchas ganas de tener un hijo o hija con José, así que me animé y pensé que si se daba seguramente todo iría bien.

Tu y papá pasaron en México cuatro semanas, dos en mi casa y dos con sus compadres, sus amigos más antiguos e íntimos de México. En la primera semana fue que Jose y yo nos casamos, tuvimos una linda y sencilla boda civil en el registro civil del centro de Tlalpan, y después una fiesta en un jardín.

Para fines de la última semana que pasaron con nosotros yo comencé a experimentar un fuerte dolor abdominal, tuvimos mas visitas al médico, mas análisis, tendría que guardar reposo, en estas circunstancias, no hicieron nada por quedarse ni un solo día mas conmigo, y ayudarme mientras pasaba la amenaza de aborto y yo estaba en cama, ese mismo día empacaron sus cosas y se fueron a pasar un mes con Sandra y su familia, ya que su boleto era para esa fecha y ni siquiera intentaron moverlo.

Y entonces volvió a mi la eterna pregunta que he tenido que hacerme una y otra vez para entenderte a ti y a mi papá y aceptarme y valorarme a mi. Porque a mi me tratan diferente? porqué no me apoyan cuando necesito? Evidentemente no era solo mi imaginación era muy real, lamentablemente yo misma no me ayudaba pues esto se convertía en una causa fuerte y dolorosa para tener una buena razón de refugiarme en el alcohol, y de sentirme aun peor.

Y si los primeros dos años con Jose fueron difíciles por todas estas razones y otras mas, como no saber poner límites a la interferencia de Fernando en la organización de los hijos, en los momentos que les tocaba estar con nosotros. No tenía ni la mas mínima idea de cuanto mas difícil se puede poner una situación.

A principios del 2008 en otro de los viajes de vela de los hijos, a Puerto Escondido, surgió la oportunidad de que yo tomara un empleo en esta bella ciudad. Una vez mas con mi clásico estilo acelerado y del borras, no lo pensé mucho. Parecía mi única salida a la dificultad de vivir tan lejos de la escuela de los hijos, y de estar tan alejada de todas sus actividades tanto escolares como extra escolares. Ya difícilmente iba a su escuela, o a llevarlos o recogerlos de eventos.De estar acostumbrada a tener siempre algún invitado en casa de sus amigos, ya nunca llevaban invitados a la casa, pues la cuestión de la lejanía y peor aún del tráfico era imposible. Por otro lado Ale y Caro comenzaban a tener migrañas y me la pasaba corriendo de un extremo de la ciudad a otro para ayudarlas en las 4 o 5 horas que se pasaban con dolor, vomitando y sin poder articular palabras. Toda la logística era complicada, pues aunque les tocara estar el fin de semana en Acapulco con nosotros sus veleros estaban en el club de su papa y casi no los veía.

De alguna manera pensaba que estaban pasando por muchos cambios al yo volverme a casar y cambiarme al sur de la ciudad, y aunque el nacimiento de su hermanito les dio mucha alegría, era otro cambio más en sus complejas vidas. En un principio la idea fué no modificar muchas mas cosas para que pudieran tener tiempo de adaptarse, pero ya después de dos años de recorrer largas distancias para estar unos ratitos con ellos, en el frenético tráfico de la ciudad o darle toda la vuelta a la ciudad para lograr convivir un poco y comer juntos, se volvía muy cansado y degastante. Día con día me sentía un poquito mas desquiciada. Su papá no aceptaba que se cambiaran a una escuela del sur de la ciudad, y yo no podía pagarles la escuela como para tomar la decisión y hacerlo aunque él no la apoyara.

Así que cuando se presentó la oportunidad de Puerto Escondido me pareció la mejor manera de solucionar todo ese caos en el que vivía. Aunque contaba con la aprobación de Fernando de llevarme a los hijos a vivir a otro estado de la república, mi esposo no estaba tan seguro. Sin embargo yo insistí y comencé a viajar cada semana de la Ciudad de México a Puerto Escondido, lunes, martes y miércoles, trabajaba en el consultorio de un dentista bien reconocido en Puerto Escondido como rehabilitadora, es decir realizaba los casos grandes, regresaba el miércoles en la noche, para trabajar dando clases en la universidad temprano en la mañana del jueves y trabajar en el consultorio jueves en la tarde y viernes. El fin de semana salíamos corriendo a Acapulco a todas las múltiples actividades que hacíamos allá, bici de a las 7.00am, desayuno y después ya fuera regata o entrenamiento, pachanga, jarra y casi seguro pleito entre José y yo. El domingo en la noche debíamos regresar para así reiniciar la semana el lunes temprano con camión a Toluca y vuelo a Puerto Escondido. El pequeño Humberto también iba de arriba para abajo y de un lado a otro, pasaba algunos días con su papa, apoyado por su abuela, y otros días de arriba a abajo con el ritmo loco de esta nueva familia.

Por supuesto con este ritmo de vida la relación entre José y yo estaba cada día mas mal, la comunicación escasa y los pleitos fuertes y continuos. Cuando hacíamos las paces nos quedaban pocas fuerzas y poco tiempo para aclarar mejor nuestros planes futuros. Recuerdo haberle dicho que si él no podía irse a Puerto Escondido nos quedaríamos, pero dijo que yo ya estaba con un pie en Oaxaca y nunca dijo que no estaba listo para irse. Los seis meses que me propuse probar si Puerto Escondido era buen lugar para vivir pasaron volando y sin mucha conciencia de mi parte. Yo solo podía ver lo bueno de vivir en la playa, y no los contras. Todo lo que veía era que había mucho trabajo y que saldríamos adelante fácilmente, cumpliendo finalmente mi sueño de salirme de la asfixiante Ciudad de México.

Mi adorada prima Bertha me echaba porras y me animaba, no podía creer todo lo que hacía en el lapso de una semana, la realidad es que yo al día de hoy no tengo idea de como pude vivir seis meses a ese ritmo sin quebrarme. Estaba con tanto cansancio acumulado que cuando emprendimos el viaje rumbo a Tokio al mundial de Optimist, yo debía cuidar de Alejandra, Carolina y los otros tres representantes del equipo, pero en cuanto me sentaba donde fuera, durante las mas de 48 horas que viajamos hasta llegar a Tokio, yo me quedaba automáticamente dormida, eran ellas las que me despertaban cuando teníamos que abordar un avión o bajar del camión. Espero nunca mas volver a vivir a ese ritmo, sencillamente no es vida.

Regresando de Tokio tuvimos solo una semana para empacar toda la mudanza y venir a Puerto Escondido, otra locura mas, en la casa de Tlalpan había cajas por todos lados, no tenía idea de que traerme y que dejar, lo que era seguro era que no cabía todo en la casa que decidimos rentar, era mucho mas pequeña y además teníamos cosas de la casa de Acapulco y de la México.Por fin la mudanza salió un 1ero de Agosto en la noche, en un camión enorme pero que parecía que se quedaba en la primera subida. El 2 de agosto subimos lo que pudimos al coche, Humberto, a Maple, mi hermosa golden y los Daniel, Ale y Caro se fueron con su papá. A la hora que llegamos ya era de noche y llegó la mudanza, la dejamos para bajar al siguiente día, pero recuerdo muy bien que el calor y la humedad que había nunca antes la había experimentado de esa manera! la casa se quedó llena de cosas y nosotros tumbados sin podernos mover, con el aire acondicionado al máximo y yo sólo me cuestionaba en que momento me habían cambiado el delicioso clima que había disfrutado durante los seis meses anteriores?

El cambio a Puerto Escondido fue sumamente difícil para mi y para Jose, afortunadamente los hijos se adaptaron rápidamente y pronto comenzaron a disfrutar de vivir al lado del mar y poder practicar todo tipo de deportes acuáticos.

Lamentablemente justo para la segunda mitad del 2008 el mercado de bienes raíces de USA se desplomó, y junto con él la economía de Puerto Escondido que depende completamente del turismo. Las cosas se pusieron más difíciles entre José y yo. En noviembre de este año tu viniste a la Ciudad de México para pasar las últimas seis semanas de vida de mi tía Esther a su lado. Yo casi no te pude ver en ese tiempo, porque como ha sido una constante desde entonces, ir de Puerto Escondido a la Ciudad de México, es mas complicado, si dependes de la economía de este lugar. Lo cual tampoco pude ver cuando era al revés. Pero si tuve la oportunidad de estar en la misa de cuerpo presente de mi tía y en su entierro. Y solamente nos pudimos ver un par de días, te invité a pasar el fin de semana a Puerto Escondido para que conocieras a tu nieto y el lugar donde ahora vivía, y pensé que vendrías, especialmente dado que habían cancelado la semana que pensaban pasar tu, papá, y tía Esther en Oaxaca en diciembre de ese año con nosotros. Pero una vez mas te negaste. Quiero pensar favorablemente para mi, y creer que estabas muy cansada de cuidar a mi tía, y que como me dijiste y luego lo comprobaron los doctores en Nueva Zelanda, estabas excesivamente cansada, ya que sufrías de una anemia crónica del tumor maligno que tenías desde quien sabe cuando en el colon. Pero a fuerza de ser sincera, una vez mas no pude entender porque para mi no tenías fuerzas para un fin de semana y para pasar un mes mas en San Diego con Sandra y su familia si.

En la misa de mi tía recuerdo que pensé que había evangelizado a mi hermana Ana, a ti, a mi papá, pues todos hablaban de Dios y de su reino, y de como ya debía estar ahí mi tía disfrutando. Y yo me preguntaba porque conmigo no pudo? ojalá ahora que esta con Dios me ayude.

LAS DOS ÚLTIMAS VISITAS

Después del fallecimiento de mi tía Esther, vinieron épocas duras para todos. Yo me la estaba pasando muy mal en Puerto Escondido, trabajaba sin parar en la casa, el consultorio. José buscaba trabajo en todos lados pero no encontraba nada, estábamos los dos desesperados. Y adquiriendo demasiado el estilo de vida en la playa, es decir abusando del alcohol. Todos los días son festivos si te descuidas, todos los días hace calor y después de trabajar en el mar se antoja una o dos cervezas y mas. Una vez mas en mi vida me refugiaba en el alcohol, sin obtener demasiada ayuda. Al contrario, todo se volvía mas complicado y brumoso. Yo pienso que a fin de cuentas mi tía Esther pudo hacer mejor labor desde el cielo que en tierra, porque yo toqué fondo en ese mes de enero, y corrí a buscar ayuda. Así comenzó mi recuperación, primero que nada tenía que dejar de tomar para ver mas claras las cosas, pero mas importante aún para poder tener una comunicación con Dios y conmigo misma.

Me siento enormemente afortunada, pues al poco tiempo llegó la noticia de que tenías un tumor en el colón tan avanzado que sangraba hasta el punto de provocarte esa anemia que te hacía sentir agotada cuando murió tía. No sé cómo podría haber salido bien de los siguientes dos años en los que tu luchaste con todo por tu vida a cientos de kilómetros de aquí, con muchos sentimientos y conflictos sin resolver entre tu y yo, si hubiese seguido tomando.

Aunque era extraordinario que yo no estuviera tomando, y poco a poco iba saliendo adelante, esta nueva dirección en mi vida catapultó una separación entre José y yo. Más dolor aun en mi vida, y sentirme sola con la enorme responsabilidad de tres hijos adolescentes y un pequeño de tres años no era nada fácil. Pero de ésta época me queda la firme convicción de que Dios nunca nos olvida, somos nosotros quienes nos olvidamos de él.

Y con la gran herencia que me dejaste de la constancia, día por día, hice lo que tenía que hacer para sacarme a mi y a mis tesoros adelante. Aunque estábamos separados, José siempre mantuvo la comunicación conmigo, y después de ver lo positivo de mi decisión de no tomar más y como lograba avanzar cada día mejor, aunado lo mucho que nos ha amado, decidió también poner su vida en orden para lograr con el tiempo resolver nuestros conflictos y más tarde volver a vivir juntos.

En marzo de ese año, programaron tu cirugía de colón para extraer el tumor y ver como se encontraba el resto de tus órganos, para nuestra tristeza, el tumor era maligno, y el cáncer ya había hecho metástasis a hígado y pulmones. Cuando me entere de esto supe que tenía que irte a visitar, sabía perfecto que tu pronóstico no era bueno y por mucho que quedan las esperanzas que un tratamiento funcione, no es posible determinarlo. Así que compré un boleto a Nueva Zelanda para irte a ver, para ir a hacer las paces, no quería que nuestras continuas diferencias se quedaran sin aclarar antes de que partieras de este mundo. Firmé el boleto y sin saber ni como le haría para pagarlo me lancé al otro lado del mundo. Me habría encantado llevar a los hijos conmigo, pero ya me había vuelto mas prudente con mis gastos y deudas, y en la situación en la que me encontraba no puede llevarlos. Tenía una tarjeta de crédito congelada y pagando todos mis excesos a tres años, lo cual me parecía eterno, pero sería la única manera de frenar que me comieran los intereses. Y es que viviendo en la Ciudad de México donde todo avanza rápidamente y la economía lo refleja, mi nivel de gastos había continuado incluso aumentado, pero no me di cuenta a tiempo de que mis ingresos habían cambiado notablemente al llegar a Puerto Escondido. Afortunadamente antes de congelar mi tarjeta ya había solicitado otra que había usado un poco mejor y así pude resolver la emergencia.

Deje a los hijos con su papá y me subí al avión que me llevaría al otro lado del mundo hice escala en San Diego, CA y aproveche para visitar a mi querida amiga Rosa. También me puse en contacto con mi hermana Sandra, hacía años, que no nos hablábamos y que no estábamos en contacto. No sabía si nos veríamos o no pero quise intentarlo. A penas estaba comenzando a entender que las cosas no siempre son como uno desea, pero que si tenemos una buena intención y ponemos de nuestra parte, casi siempre Dios dará la oportunidad para que suceda algo bueno. Y así fue en este viaje, pues aunque me quedé en casa de mi amiga, pasé todo un día con mi hermana y su familia. Inclusive acabé durmiendo un día en su casa. Pues Rosa me llevo al aeropuerto pero ya ni se bajo del auto, y cuando llegue al mostrador, a pesar de mis investigaciones, me sorprendieron con que no podía viajar y hacer escala en Australia sin tener visa, lo cual me pareció una ridiculez pero no me quedó de otra que esperar al día siguiente para tomar un avión directo a Nueva Zelanda, ya que la visa para hacer escala en Australia se tardaría mas. A Rosa le marqué pero ya no me contestó, así que le llamé a mi hermana y me salvó de tener que dormir en el aeropuerto. Y así tuvimos el regalo de todo un día juntas. Algo que no creo que vuelva a repetirse, pues compartimos muchas horas sólo ella y yo, como cuando navegábamos juntas cada fin de semana de varios años. El volver a ver a mi hermana me dio mucho gusto, sabía que no estaríamos mucho en contacto aunque ya hubiésemos hecho las paces, pero de mi parte dejaba atrás ese enojo que guardado por tantos años se vuelve añejo, y apestoso, no tenía ningún caso. Nuestros estilos y nuestras vidas son completamente opuestos, y para que exista comunicación y una relación se necesitan de dos partes, y muchas ganas, pues viviendo en ciudades con diferencia de horarios esto se vuelve aún mas complicado. Así que si viviendo en la misma ciudad nunca habíamos sido muy cercanas, menos podía esperar viviendo lejos. Afortunadamente yo ya había dejado atrás esa añoranza de tener una hermana muy cercana con quien convivir y compartir, y así de esta manera fue mucho mas fácil poder quedarme con el gusto y la paz de haber tenido ese día para nosotras dos.

Viajar a Nueva Zelanda fue una experiencia completamente fuera de lo común. Sentí que me perdía en el tiempo y en el mundo. No sé si solo fue por la ubicación que tiene en el globo terráqueo o porque se volvía personal y físico esa imagen que siempre guardé conmigo el día que se fueron para allá, de que se encontraban a miles de kilómetros de mi y de mis hijos, y por supuesto de nuestro país.

Cuando baje del avión me recibió gente amable, porque así es la gente en Nueva Zelanda, no hubo ningún mal modo en migración. Al salir me recibió Aurora, flaca como siempre, pero en exceso, llorando, parecía increíble que hacía mas de nueve años que no nos veíamos! lloramos, nos abrazamos y nos alegramos por todos esos años de lejanía que se borraban en un instante, a fin de cuentas ese amor y cariño no va a ningún lugar, siempre permanecen y perduran, por mas que el tiempo y la distancia se interpongan. Papá también se encontraba en el aeropuerto, y a pesar de que a él lo había visto dos años y medio atrás la noticia de tu enfermedad y el trabajo constante de cuidarte lo había convertido ya en un hombre cansado y se le notaba, había envejecido, había dejado de tragarse los años. Al llegar a su casa casi lloro, pues te encontramos en cama, adormilada, con el cuarto completamente obscuro. Tu también habías envejecido de un día para otro. Esa es la parte mas difícil de interponer tanta distancia entre los seres queridos, te quedas con la imagen del último día que los viste y años después piensas que los encontrarás igual para toparte de frente con algunas de las cosas que son inevitables en la vida, es decir, lo seguro es el cambio, no hay manera de que nada ni nadie permanezca igual o no hay manera que nos libremos de envejecer. Afortunadamente, una vez que llegamos te levantaste, te arreglaste y te pusiste un poco mas activa, era claro que la enfermedad te pegaba, pero en esencia tu seguías siendo tu misma.

Aurora me invitó a quedarme en su casa, lo cual para mi fue un alivio, tenía mucho miedo que en lugar de limar asperezas y lograr estar en paz contigo y papá por cualquier cosa acabáramos peleadas como solía suceder, así que me pareció prudente que aunque pasaba el día completo con ustedes una vez que Aurora se iba a trabajar y Pedro y Viviana a la escuela, llegada la noche fuera a convivir con ellos y a dormir en su casa. También tenía muchas ganas de ver como estaba mi hermana después de todos esos caminos que había ido escogiendo seguir; y por supuesto convivir con mis sobrinos que casi ni conocía, pues a ellos los había visto cuando tenían cuatro y un año de vida la última vez.

Fue impresionante ver el contraste de vida que llevaban en Nueva Zelanda a la que llevaban en la Ciudad de México. Pues ahora vivían lento y tranquilo, no solamente porque estabas enferma y con tratamientos sino porque así es el estilo de vida allá. Esa vida agitada y llena de necesidades materiales que parecía absorberlos en México, se había esfumado. Para mi esto significaba un avance, mi estilo de vida siempre había sido mas sencillo, libre de la necesidad de llevar puesta una blusa de marca o traer un coche último modelo, libre de la continua competencia de quién tiene mas o mejor dicho, de la crítica continua de no tener mas que tanto me molestaba.

Pasé casi tres semanas en Cambridge, Nueva Zelanda. Paseamos un poco por los alrededores, de su nueva tierra. Y mi impresión fue grande, es un país bien organizado, de gente tranquila y amable, con una mezcla cultural entre los maories y los ingleses principalmente mas todos los migrantes del mundo como ustedes. La gente vive bien y aunque no tengan todos para que les enderecen los dientes con ortodoncia, todos tienen un hogar digno, así como comida, estudios y atención médica de primera. Pero mas que nada me impresionó la riqueza de su naturaleza, llena de paisajes majestuosos.

Para mi esos días que pase con ustedes son el mejor recuerdo que guardaré conmigo de ti. Yo había alcanzado cierto equilibrio y madurez para no engancharme en la continua crítica que salía de ti hacia todo el mundo, ya podía hacerlo a un lado y concentrarme mejor en las cosas buenas y los momentos de paz. Aunque creo que inclusive en este pacífico país donde ahora vivían, tu no pudiste aprender del todo lo que vivir en paz significa, pero por lo menos ya no tenías que vivir enojada continuamente.

Una amiga mía, me había recomendado platicar mucho contigo y no dejar de preguntarte nada de lo que tuviera duda. Lamentablemente en alguna de las pláticas que tuvimos tu dijiste algo que tendría que haberte preguntado porque y no lo hice. Así que ahora se lo tendré que dejar a la imaginación o al raciocinio, y como siempre he sido mas analítica, se lo dejaré a lo mejor que pueda entender.

Te acercaste un día y me preguntaste si me podías hacer una pregunta personal, yo por supuesto accedí, y lo que me preguntaste para mi era una respuesta sencilla y obvia: ¿en verdad tocaste fondo? y fácilmente te conteste que claro, era la prueba viviente de tocar fondo y salir adelante a una mejor manera de vivir, libre del alcohol, de resentimientos y con esperanza de una vida feliz. Lo malo es que en aquella etapa en la que yo estaba la respuesta me pareció obvia para una alcohólica en recuperación. Pero cuando tu me dijiste que tu también habías tocado fondo lo único que pude hacer es preguntarme de que rayos podrías haber tocado fondo si tu no eras alcohólica? por supuesto a solo cuatro meses de haber dejado de tomar mi mente no daba para pensar que alguien que no sufriera de adicción no toca fondo.

Con la sobriedad y un trabajo continuo, he madurado, crecido y veo la vida con un lente mucho mas grande, se han aclarado muchas cosas y he llegado a entenderme mucho mas, y por lo tanto a todos los que me rodean. También estoy convencida que tu vida como hija abandonada por su mamá no ha de haber sido nada fácil, con un padre alcohólico tampoco y mucho menos como exiliada. He meditado mucho en como habrán sido esos primeros años de tu vida y como te marcaron y puedo ver que tu también sufrías mucho emocionalmente, como dije antes, aunque nunca faltó en tu cara una bella sonrisa, creo que nunca pudiste llegar a alcanzar una felicidad plena. Y es entonces que puedo ver porque habrías tu de tocar fondo. Qué lástima que no te pregunté en el momento, pero no lo pude ver claro. Pero también quiero pensar que cuando tocaste fondo, como yo, tu vida mejoró, lo deseo con todo mi corazón que así haya sido.

De todas formas de ese viaje regresé muy contenta, había hecho las paces contigo, no sabía si te volvería a ver, ni como te iría en tu lucha contra el cáncer. Pero conociéndote, sabía que pondrías tu mejor esfuerzo en ganar, algo que siempre hiciste fue tratar de hacer todo lo mejor que podías, realmente te esforzabas y eras sumamente estricta contigo también. Por eso ahora cuando me llega algún dolor por algo del pasado contigo, se que puede doler y lo asumo, pero también me reconforta saber que con tus circunstancias, hiciste lo mejor que pudiste con respecto a mi también.

El siguiente año y medio fue muy duro para toda la familia, tus pruebas mostraban que la quimioterapia que estaban utilizando no estaba mejorando tu enfermedad, esta avanzaba mas rápido. Así que los médicos fueron cambiando a medicamentos mas fuertes y en mayores dosis. Comenzaste a perder el cabello, las fuerzas y el ánimo. Hablábamos frecuentemente por internet, pero aunque la tecnología acerca, no es lo mismo y también miente. En tu cámara proyectabas una imagen a México de estar mejorando. Siempre salías muy arregladita y sonriente. Pero los resultados médicos seguían diciendo que no mejorabas.

Recuerdo que yo lloré continuamente en esa época, era horrible saber que cada día estabas mas enferma y no tener recursos para irte a ver. Pues todavía por más que nos esforzábamos la economía del país y cada una de sus familias seguía muy mal.

Hay épocas en que todo se junta, y parece como si el universo o simplemente las circunstancias se voltean de cabeza en tu vida. A principios de ese octubre también nuestra perra Maple, una preciosa golden retriever le salieron tumores de cáncer en su abdomen, la operaron para quitárselos y nos dijeron que la biopsia no daba que fueran tumores malignos. Pero Maple se fue como un soplo de viento, adelgazo aunque comía bien, y quedó en los huesos. Después dejo de comer, y mas tarde dejó inclusive de tomar agua. Dejó de moverse. Y un día de finales de octubre la tuve que poner en una cobija, ayudada por José para cargarla al coche y llevarla al veterinario, donde la pusimos a dormir pues ya solo sufría y era irreconocible. Lloré y lloré, no podía creer que mi Maple guerrera también, le hubiera dado cáncer y tampoco que se hubiera apagado tan pronto. También este evento me hacía conciente de una realidad que no podía pasar desapercibida, tu también te estabas apagando. No lo decías, pero ya cuando hablábamos, se te olvidaban las cosas, y a veces estabas durmiendo y ya papá no te despertaba para que hicieras algo que siempre te había animado, hablar con tus nietos.

A principios de noviembre del 2010 te hicieron tu última prueba para ver como iba el tratamiento, y fue entonces que te desahuciaron, habían decidido quitarte todos los medicamentos de quimioterapia y darte únicamente los paliativos, es decir aquellos que te quitaran el dolor. En ese momento tuve la certeza que ya no te quedaba mucho tiempo con nosotros. Afortunadamente el mismo día que nos dieron la noticia papá y tu, mi hermana Sandra se puso en contacto inmediatamente conmigo, para decirnos que Roberto, ella y Sonia pasarían con ustedes Navidad, y año Nuevo, y querían invitarme a mi y los hijos a que también viajáramos hasta esas remotas tierras a pasar las fiestas y despedirnos de ti. Me invadió una mezcla de sentimientos, no sabía si estar feliz porque si podría verte una vez mas, y porque después de mas de 10 años nos reuniríamos con ustedes, las tres hermanas y todos los primos, quienes solo se conocían por Facebook, pues todos eran muy pequeños cuando dejaron de verse. También sentía un gran agradecimiento con Sandra y Roberto, pues de otra forma no podríamos ir, pero la razón de fondo que nos estaría reuniendo a la familia era dura y muy triste, tu estabas muriendo. Así que ahora mis días eran ratos de emoción y felicidad porque te vería y se juntaría la familia y ratos de llanto, dolor y tristeza, porque sabía que sería la última vez que te vería.

Sandra y su familia llegaron una semana antes a su casa, creo que realmente Sandra no estaba consciente de tu condición, o no podía verlo. Cuando hablábamos se quejaba de que ya no estabas comiendo, y de que ya te habías dado por vencida. Yo todavía no te veía pero había tenido una maestra unos meses antes, que me enseñó, el camino, tal y como irían sucediendo las cosas. Maple fue lo primero que dejo de hacer, dejo de comer, yo pienso que al igual que tu su hígado ya estaba completamente invadido de cáncer, y digerir la comida se hacía imposible, así que mejor solo comías poquito, traté de que lo entendieran tanto Sandra como Aurora, pues enojarse contigo por algo que era una respuesta de tu cuerpo por la enfermedad no dejaría nada bueno. Además yo tenía la certeza que tu no te estabas dando por vencida, simplemente como humanos tenemos un límite y nos llegará la muerte, es algo que no podemos vencer y no podremos escaparnos de ella, por mas fortaleza que hallamos tenido a lo largo de nuestras vidas.

A los primos les dio una gran alegría verse y reconocerse, y creo que fue muy bonita experiencia para todos ellos. Pedro todavía le costaba mas trabajo convivir, además tanto él como Viviana fueron los nietos que mas convivieron contigo y papá, era el que mas estaba sufriendo verte morir.

Porque para los que no queríamos negar la realidad, era evidente que tu ya no eras tu la mayor parte del tiempo, dormías casi todo el día y las actividades que hacíamos parecías en calma pero mas que nada algo extraviada. Estoy segura que era el efecto de las medicinas que te estaban dando para el dolor, pues ya era lo único que estaban tratando. El tiempo en el que estabas despierta prácticamente no hablabas, cosa demasiado extraña en ti.

Para mi fue un gran regalo estar ahí esas últimas semanas de tu vida, pero me alegré mucho de haber hecho el esfuerzo de irte a ver año y medio antes, pues en aquella ocasión estabas muy lúcida, pude quedar en paz con nuestra relación en plena conciencia de ambas, si hubiese esperado a esta última visita, no me habría parecido haber cerrado ciclo contigo. En esta última visita, pude utilizar el poder estar plenamente consciente y en paz para ayudarte a partir en paz y como siempre habías deseado hacerlo, con dignidad.

Esa semana después de Navidad, estuvimos todos muy cercanos, cuando te sentías bien salíamos a pasear inclusive tuviste ánimo para ir un día a la playa!

También tuviste el ánimo de invitarnos un clásico cafecito para platicar con mis hermanas y yo. Y de ahí hacer algo que recordaré siempre, pues en tu clásico estilo matriarcal comenzaste a organizar tu propio funeral! Ya tenías la lista de los invitados que avisarles, quisiste ir al salón al lado de la iglesia a la que asistían papá y tu, para ver como decorar y explicarnos que era costumbre de tu nuevo país servir bocadillos durante el funeral. Siempre que recuerdo esta puntada tuya tengo un buen rato de sonrisas en mi cara. A cierta edad uno va decidiendo si quiere que lo entierren de cuerpo completo o que lo cremen, y en donde enterrarlo. Si quiere uno que lo mantengan conectado a aparatos para alargar el tiempo en que llegue la muerte, si quieres quedarte en tu casa o en un hospital, muchas cosas. Pero a decir verdad creo que lo normal es que los que quedan atrás decidan como, cuando y donde hacer el funeral. Yo por ejemplo quiero que me cremen y avienten mis cenizas al mar. Pero estoy segura que no me importara ni tantito como decidan hacer mi funeral.

Después de año nuevo Sandra y su familia regresaron a Dubai. Por petición tuya, mi familia y yo nos cambiamos a tu casa, al principio no supe si era buena idea, no quería ningún pleito entre tu y yo en esta situación, solo quería ayudar y apoyar; pero fue una gran idea. Dos días después, llegó Carolina, la única nieta que no habías visto todavía pues se encontraba compitiendo en un mundial de vela. Ese día muy temprano iba a ir con mis hijos a buscarla a Auckland. Pero los planes cambiaron, pues tu amaneciste muy mal, y mi papá estaba muy nervioso. Así que decidimos que yo me quedaría y mi papá se iría con mis hijos.

Esa mañana no podías ni moverte, no sé si era el dolor que te lo impedía o si ya tu cuerpo no te lo permitía. Me pediste ayuda para ir al baño, el cual estaba a escasos pasos de la puerta de tu recámara. Nos tomó mas de 45 minutos lograrlo, pues yo te quería cargar y tu querías caminar, y por ningún motivo permitiste que te cargara, pero cada paso era un gran esfuerzo y después de cada paso tenía que ponerte una silla para que descansaras. Definitivamente no te estabas dando por vencida, esa tenacidad de llegar por tus propios pies al baño me lo indicaba. Pero supongo que la enfermedad y el dolor estaban ganando. Empezaste a dudar de que te estuviéramos dando las medicinas y dosis adecuadas, ya casi no comías y claramente el que no te pudieras mover me indicaba como en su momento lo hizo Maple, que se acercaba el momento de tomar decisiones difíciles.

Lamentablemente yo tendría que regresar a México a la semana siguiente, tenía que trabajar, y ya tres semanas era demasiado. También se estaba abriendo una posibilidad de trabajo que no podía dejar pasar.

Ese día hablé con Aurora y con Sandra para exponerles lo que me parecía ser un momento adecuado para apoyar a papa para la difícil decisión de llevarte ya fuera a un hospital o en su caso una casa hogar. Pensé que la hermosa labor de dos años de mi papá quedaría eclipsada si comenzaban a haber pleitos por medicamentos o dosis inadecuadas, porque no fuera posible que papa te lograra llevar al baño a tiempo o por si comías o no. Además tenía la plena certeza de que tu deseo además de no padecer dolor, era el morir dignamente y me parecía que si acababas en casa sin poderte mover con tan solo la ayuda de papá, que por mas buena voluntad que tuviera no le alcanzarían las fuerzas para cargarte, regresarte, limpiarte, lavar sábanas y demás. Mis hermanas y yo coincidimos que era el momento de buscar mas ayuda y acordamos hablar con papá para exponerle nuestro punto.

Durante ese día hablé con el doctor de la familia, y con la trabajadora social, ambos vinieron a verte y ambos estuvieron de acuerdo que tu estado iba empeorando rápidamente. Si tu no habías pedido quedarte en casa, sería mucho mejor si te trasladábamos a un hospital o una casa hogar. Y comenzaron a buscar opciones. Pero aún faltaba el consentimiento de papá.

Sentadas en tu sala unos momentos antes de que llegaran de Auckland con la nieta que te faltaba ver, tuviste unos momentos de lucidez, y pude preguntarte si no tenías ya resentimientos conmigo, y de la misma manera decirte que yo tampoco los tenía, que estaba en paz contigo, creo que esto fue muy importante, pues aunque no dijimos las cosas con punto y coma por ser estas muy dolorosas, quedó claro que nos habíamos perdonado todo lo que nos lastimamos con o sin intensión a causa de nuestras acciones poco conscientes o por falta de acciones muy necesarias.

A Caro solo le toco ver unos pocos minutos de ti todavía lúcida. La reconociste, la abrazaste y te fuiste a descansar. Mientras descansabas llegó Aurora y entre las dos nos dedicamos a hablar con papá, a tratar de convencerle que veíamos que era momento de buscar ayuda para tu cuidado. Pero su reacción no fue buena, se enojó y dijo que él todavía estaba bien y fuerte, que si había podido cuidarte los dos últimos años, podía seguir cuidándote y no hubo manera de convencerlo que era lo mejor para ti. Lo entiendo, finalmente después de muchos años que paso por la depresión de sentirse sin mucha utilidad, llevaba dos años haciendo todo en su casa, cocinaba, limpiaba, te atendía con mucho cariño, definitivamente de esta manera podía demostrarte una vez mas que eras el amor de su vida.

Para la hora de la cena pudiste llegar caminando hasta la mesa, pero mientras intentabas comer te dio algo y te quedaste con el bocado de comida en la boca sin hacer nada, ni lo masticabas ni te lo pasabas, ni lo escupías! yo me di cuenta de esto y te pregunté como estabas, no respondiste, así que me paré a ayudarte. Junto con migo vinieron mi papá y Aurora, tratamos de sacarte el bocado de la boca, pero tu no cooperabas estabas ausente. Te quise llevar al baño para limpiarte la boca, pero casi no podías caminar otra vez, y además solo dejabas que papá te ayudara, esto me lleno de ternura pues a mi papá siempre me toco ver que lo trataste como si no pudiera resolver nada. Así que a final de cuentas habías aprendido a confiar en él y sólo en él, que increíble. En medio de todo este pesar podía ver cosas muy positivas de tu vida, de los años que vivieron tan lejos y que no pude ver como se fueron dando.

En el baño, mi papá te dio tu cepillo de dientes, que impresión verte, con un cepillo dental en tu mano sin saber que hacer con él, no tenías la mas mínima idea de que hacer con él. Así que nos conformamos con sacar todos los arrocitos de tu boca para evitar que te ahogaras. También comenzaste a hablar incoherencias, le preguntaste a papá que como había estado la caminata, papá se volteó a verme asustado y trate de tranquilizarlo con la mirada y ya entonces se relajó un poco para contestarte sin asustarte. Te llevamos a tu cama y papá estuvo de acuerdo en que llamara al doctor, era evidente que te encontrabas desconectándote a causa del dolor, y en eso si estaba de acuerdo papá no te quería ver sufriendo.

Cuando llegó el doctor te revisó, te hizo algunas preguntas y anunció que llamaría a una ambulancia, llamó a la trabajadora social y nos anunció que te llevaríamos al hospital.

En lo que llegaba la ambulancia el doctor fue a algún lado, ya eran alrededor de las diez de la noche, y yo me puse a organizar todo para estar lista para ir al hospital. Me toco presenciar la escena de cariño entre tu y papá mas bonita que tendré siempre en mi mente. Tu sentada en la cama y mi papá arrodillado deteniéndote y llorando. Algo te decía papá no alcanzaba a escuchar, pero así estuvieron un buen rato. Yo mientras lloraba y también me preparaba, sabía bien que una vez que llegara la ambulancia por ti, ya no regresarías mas a casa. Que bendición que estuvieran ahí mis hijos también, ya que su apoyo en estos momentos de tristeza y dolor fueron invaluables.

Una hora mas tarde llegó la ambulancia, y los paramédicos analizaron por donde podrían pasar con la camilla, sin embargo la camilla no pasaría por ninguna puerta, así que terminamos cargándote entre dos paramédicos Daniel y yo con una sábana, no podía creer la similitud en los pasos que fueron dándose entre la despedida de Maple y tu. Por eso mismo, sabía que tu ya no regresarías a casa.

En el hospital te llevaron a urgencias, por tus signos vitales, pensaron que no pasarías de esa noche, estabas agonizando, y papá lloraba y pedía que no sufrieras mas.

Es increíble la calidad de atención médica que tienen en Nueva Zelanda, sin ni siquiera considerar que los ciudadanos no pagan por atención médica. A ti una ciudadana naturalizada te incluían visitas a doctores, medicamentos, alimento, tratamiento, enfermera, una persona que limpiaba tu casa una vez a la semana, una trabajadora social que se encargaba de ver que necesitabas y que estuvieras recibiendo todo lo que necesitaras así como conocer que deseabas que sucediera cuando estuvieras muy enferma y tal vez sin poder opinar y cualquier hospitalización o bien casa hogar que utilizaras. Un grupo de apoyo para pacientes y familiares con cáncer. Y por si fuera poco un sueldo para papá ya que era tu cuidador principal las 24 horas del día. Parecería algo imposible, pero mas increíble aún era la manera tan humana en que todos los involucrados en el sistema de salud te atendieron.

A la una y media de la madrugada Aurora y yo nos preparábamos a dejar la sala que nos habían dado para esperar y descansar, ya que habíamos ido con todos los nietos, habíamos ido toda la banda al hospital! sin embargo nos pidieron que esperáramos un rato mas, pues estaban localizando una doctora que hablara español para hablar con nosotras y asegurarse de que todo estuviera claro. A las tres de la mañana llegó la doctora colombiana, quería informarnos que mamá estaba agonizando, que no creía que saliera del hospital, pero también quería saber si tu habías pedido que se tratara de mantenerte viva aun cuando esto significara conectarte a máquinas o no. Tu habías pedido que no te mantuviéramos con vida artificial por ningún motivo, pero que no querías sufrir, así que la doctora escribió las instrucciones, y nos comentó que se te aplicarían medicamentos fuertes para el dolor, y nos dijo que muchas veces al bajar el dolor el paciente moría al cabo de algunas horas y que a veces parecía recuperarse y mejorar, pero que sería por un periodo corto.

Después de la visita de la doctora nos comunicamos inmediatamente con Sandra y le dijimos que tendría que regresar a Nueva Zelanda si quería tener algún chance de estar a tu lado al morir. Creyó que exagerábamos pero la doctora había sido muy clara, te daban una semana de vida.

Los siguientes días fueron de visitas al hospital, tu por supuesto mejoraste cuando te quitaron el dolor, pero te pasabas la mayor parte del tiempo dormida. Y lentamente te ponías mas amarilla y no probabas bocado, a mi me quedaba claro que la doctora tenía razón. Yo me dediqué a estar contigo la mayor parte del tiempo a atenderte, estar contigo, ayudar a las enfermeras a cuidarte y a rezar, rezar por que murieras en paz y con dignidad. De alguna manera me sentía muy tranquila de que estuvieras ya en un lugar donde papá podía estar contigo sin verte sufrir y sin dificultades de logística. Por mas que le dijimos que nos turnáramos quedarnos en el hospital contigo no quiso, el estaría a tu lado todo el tiempo.

Como siempre enfrentaste estos días con un valor absoluto, estuviste en paz y tranquila, cuando despertabas disfrutabas de la compañía de toda tu familia, y mantenías tu hermosa sonrisa que siempre te caracterizó. Pero papá sufría inmensamente, no sabía como le haría después de tu partida, me decía que se quedaría sin sentido su vida, y esto me partía el corazón, pero era cierto, tu fuiste su sentido de vida durante todos los años que estuvieron casados. Y creo que lo sabías pues hábilmente le pediste que te prometiera que cuando partieras, viviría dignamente los días que le tocara seguir vivo. Mis hermanas y yo comentamos que o se moriría al poco tiempo de tu partida, o esperábamos que pudiera superar tu muerte y vivir bien, pues él aún contaba con excelente salud.

Después de seis días en el hospital estaba claro que te nos ibas, tristemente yo tuve que tomar una decisión muy difícil, pues ya llevaba tres semanas en Nueva Zelanda, y tenía que regresar a México, especialmente a cerrar esa oferta de trabajo que me ayudaría a salir adelante durante los siguientes años. Sandra muy linda me ofrecía ayudarme, pero esto era un trabajo, de meses tal vez años, no podía dejar esa responsabilidad en manos ajenas. Gracias a Dios finalmente había entendido que yo debía trabajar por ser autosuficiente. Así que platiqué contigo en alguno de los momentos en que despertaste de un sueño ya muy profundo de los que caías continuamente. Te expliqué que pasaba y te dije lo mucho que te amaba, también prometí honrarte siempre. Y en alguno otro de los momentos de ese día en que estaba ayudando a darte un masaje me preguntaste, como una niña chiquita, que harías sin mi? me dio mucha ternura. Y contestarme a mi misma, que hice todos esos años sin ti? Qué haría todos los próximos años sin ti?

Como me habría gustado quedarme hasta el final, no soy de las personas que le gusté dejar las cosas a medias, me esfuerzo mucho para terminar lo que comienzo, pero a veces no es posible. Y este era uno de esos casos, estoy segura que no decidir regresar por miedo al final, si alguien estaba consciente que pronto llegaría era yo, pero tampoco quería estar ahí con el pendiente de contar con un trabajo que me hacia mucha falta para los próximos meses y deseando que terminara, tu muerte llegaría como la de todos nosotros, en un momento incierto. Y algunas veces puedo ser muy práctica, dejar los "debes" a un lado y no preocuparme del que dirán.

Así que un 17 de enero del 2011, empacamos los que teníamos boletos de regreso para esa fecha, Ale, Daniel, Humberto y yo. Fuimos tempranito al hospital donde llevabas ya una semana internada, marchitando de poco en poco y con lágrimas en mis ojos y el corazón triste me despedí por última vez de ti, sabía que ya no te podría ver una vez más viva, pero también sabía que no te olvidaría, que tu habías dejado un gran legado en esta tierra, a pesar de tus grandes deficiencias de cariño en tu infancia, habías trascendido y habías vivido para darle a tu esposo y a tus hijas lo mejor de ti. Dejaste grandes ejemplos de perseverancia, de búsqueda, de aprendizaje hasta que ya tus ojos no pudieron ver más y tus manos no contaron con la habilidad y la precisión de la gran persona que fuiste. Dejaste el gran legado de ganarle a tus demonios internos y mantenerte al lado del gran hombre que escogiste por esposo, aunque estoy segura que en tu día a día no lo podías ver tan claramente, lo mucho que papa te amo, pero venciste tus miedos y ahí estuviste. Dejaste la enseñanza de que nunca es tarde para aprender algo nuevo, para seguir estudiando y que en la vida podemos llegar a su fin con valor y dignidad, inclusive sonriendo.

Aunque generalmente es más fácil para el que se va que para el que se queda, he de admitir que en esta ocasión me pareció al revés, aún recuerdo como una fotografía eterna la vista del hospital en ese pequeño cerro de ese lejano pueblo, en el fin del mundo. Sabía que me perdería de tu funeral y tu entierro, dicen que el funeral tiene como fin darle tiempo a los seres queridos de asimilar la muerte de su persona amada, y crear un espacio para recibir el cariño y apoyo de los que aún nos quedamos por nuestra tierra. Yo no tendría este espacio ni podría compartir con papa y mis hermanas ese dolor.

El regreso de Nueva Zelanda a México es un verdadero y literal viaje en el tiempo, salimos el día 17 de enero a las

2:00 pm y volamos durante 14 horas para llegar a las 9:00 am de la mañana del mismo 17 de enero a Los Ángeles y de ahí subirnos a otro avión para Vallara y viajar 3:30 horas y llegar a las 4:00 pm del mismo 17 de enero! Pues bien, no sólo ha sido uno de los días más largos de mi vida en cuestión del viaje en el tiempo, y si quisiera que hubiera acabado pronto sería un mal momento. Pero sabía que te lloraría, no sólo durante un día de 42 hrs que fue lo que duró el 17 de enero del 2011. Así qué sin temor llore durante largas horas que duró el viaje de regreso, hasta que mis ojos parecían de sapo, y me termine las servilletas del avión. También una vez más mal dije el día en que se les ocurrió a mi familia irse a vivir tan lejos, pues desde ese día supe que tal vez ni siquiera tendría oportunidad de estar a su lado el día que murieran.

Llegamos a casa ya en la tarde muy cansados física y emocionalmente, así que comimos algo y nos fuimos a dormir lo antes posible. Muy temprano en la mañana del 18 de enero del 2011, Sandra me despertó con una llamada a mi celular, supe en el instante que sonó cuales serían las noticias, tu habías muerto, te habías quedado en un sueño profundo, tranquila, y con tu hermosa sonrisa. Creo que este fue tu último gran regalo para mi, partiste el día de mi segundo aniversario de sobriedad, diciéndome en muerte lo que no pudiste decirme en vida, lo orgullosa que estabas de mi y de mi valor en la vida.

Y aunque me habría encantado escucharlo de tu boca, qué yo era tu hija adorada y admirada tal y como lo hiciste el día que le agradeciste a Sandra el haber hecho posible que estuviéramos todos juntos una vez más antes de tu partir y que nunca lo olvidarías decidí hacer mi ego a un lado un poco y quedarme con lo que sí dijiste, que harías sin mi? que en último de los casos ya que nosotros no elegimos el momento de nuestra muerte, mi gran padre Dios se encargó de decirme a mi y a ti con esta pequeña coincidencia lo mucho que me ama y que manteniendo este camino sería la mejor forma de cumplir la promesa de honrarte a ti, a todas las generaciones pasadas y a todas las generaciones futuras.